U0921217

戴敦邦 绘

戴敦邦

戴敦邦

1938年生于江苏。

现为中国美术家协会会员，上海市美术家协会理事，中国工笔画会理事，中国连环画研究会理事，中国红楼梦学会会员，上海交通大学文艺系教授。

擅长中国人物画，工写兼长，题材多取材于古典及古装人物，画作笔墨雄健豪放、气魄宏大、生动传神，画风雅俗共赏。

作品曾多次入选国内外大型美术作品展览及在多种专业报刊上发表。创作勤奋，画作付梓甚丰。出版有《戴敦邦新绘全本红楼梦》《水浒人物一百零八图》《红楼梦人物百图》等。

方欲进来时，只见从那边来了一僧一道：那僧癞头跣足，那道跛足蓬头，疯疯癫癫，挥霍谈笑而至。及到了他门前，看见士隐抱着英莲，那僧便大哭起来，又向士隐道：『施主，你把这有命无运、累及爹娘之物抱在怀内作甚？』士隐听了，知是疯话，也不睬他。那僧还说：『舍我罢，舍我罢。』士隐不耐烦，便抱着女儿转身。才要进去，那僧乃指着他大笑，口内念了四句言词，道是：

惯养娇生笑你痴，菱花空对雪澌澌。
好防佳节元宵后，便是烟消火灭时。

红楼梦全图
一回 甄士隐梦幻识通灵
姑苏
茶

演说荣府

雨村道：『正是。方才说政公已有一个衔玉之子，又有长子所遗弱孙，这赦老竟无一个不成？』子兴道：『政公既有玉儿之后，其妾又生了一个，倒不知其好歹。只眼前现有二子一孙，却不知将来何如。若问那赦老爷，也有一子，名叫贾琏，今已二十多岁了，亲上做亲，娶的是政老爷夫人王氏内侄女，今已娶了四五年。这位琏爷身上现捐了个同知，也是不喜正务的；于世路上好机变，言谈去得，所以目今只在乃叔政老爷家住，帮着料理家务。谁知自娶了这位奶奶之后，倒上下无人不称颂他的夫人，琏爷倒退了一舍之地：模样又极标致，言谈又爽利，心机又极深细，竟是个男人万不及一的。』

大雄寶殿
智順禪寺
脚店
二回一冷子興演說榮國府

第三回 / 托内兄如海荐西宾 接外孙贾母惜孤女

黛玉进府

黛玉方进房，只见两个人扶着一位鬓发如银的老母迎上来。黛玉知是外祖母了，正欲下拜，早被外祖母抱住，搂入怀中，『心肝儿肉』叫着大哭起来。当下侍立之人无不下泪，黛玉也哭个不休。众人慢慢解劝，那黛玉方拜见了外祖母。贾母方一一指与黛玉道：『这是你大舅母。这是二舅母。这是你先前珠大哥的媳妇珠大嫂子。』黛玉一一拜见。贾母又说：『请姑娘们。今日远客来了，可以不必上学去。』众人答应了一声，便去了两个。

三回 榮國府收養林黛玉

雨村判案

至次日坐堂，勾取一干有名人犯，雨村详加审问。果见冯家人口稀少，不过赖此欲得些烧埋之银；薛家仗势倚情，偏不相让：故致颠倒未决。雨村便徇情枉法，胡乱判断了此案。冯家得了许多烧埋银子，也就无甚话说了。雨村便疾忙修书二封与贾政并京营节度使王子腾，不过说『令甥之事已完，不必过虑』之言寄去。

四回 葫芦僧乱判葫芦案
賈

梦游太虚

宝玉接过来，一面目视其文，耳聆其歌曰：

……

《枉凝眉》

一个是阆苑仙葩，一个是美玉无瑕。若说没奇缘，今生偏又遇着他；若说有奇缘，如何心事终虚话？一个枉自嗟呀，一个空劳牵挂。一个是水中月，一个是镜中花。想眼中能有多少泪珠儿，怎禁得秋流到冬，春流到夏。

五田關生畫梦演紅樓夢乙卯

老老进府

那刘老老先听见告艰苦，只当是没想头了；又听见给他二十两银子，喜的眉开眼笑道：『我们也知道艰难的，但只俗话说的：「瘦死的骆驼比马还大」呢。凭他怎样，你老拔一根寒毛，比我们的腰还壮哩。』周瑞家的在旁听见他说的粗鄙，只管使眼色止他。凤姐笑而不睬，叫平儿把昨儿那包银子拿来，再拿一串钱，都送至刘老老跟前。

回六回 刘姥姥一進荣国府

姨娘赠花

说着，便到黛玉房中去了。谁知此时黛玉不在自己房里，却在宝玉房中，大家解九连环作戏。周瑞家的进来，笑道：『林姑娘，姨太太叫我送花儿来了。』宝玉听说，便说：『什么花儿？拿来我瞧瞧。』一面便伸手接过匣子来看时，原来是两枝宫制堆纱新巧的假花。黛玉只就宝玉手中看了一看，便问道：『还是单送我一个人的，还是别的姑娘们都有呢？』周瑞家的道：『各位都有了，这两枝是姑娘的。』黛玉冷笑道：『我就知道么，别人不挑剩下的也不给我呀。』周瑞家的听了，一声儿也不敢言语。

七回 送宫花周瑞叹英莲

金锁通灵

宝钗看毕，又从新翻过正面来细看，口里念道：『莫失莫忘，仙寿恒昌。』念了两遍，乃回头向莺儿笑道：『你不去倒茶，也在这里发呆作什么？』莺儿也嘻嘻的笑道：『我听这两句话，倒像和姑娘项圈上的两句话是一对儿。』

宝玉听了，忙笑道：『原来姐姐那项圈上也有字？我也赏鉴赏鉴。』宝钗道：『你别听他的话，没有什么字。』宝玉央求道：『好姐姐，你怎么瞧我的呢？』宝钗被他缠不过，因说道：『也是个人给了两句吉利话儿，錾上了，所以天天带着；不然沉甸甸的，有什么趣儿？』一面说，一面解了排扣，从里面大红袄儿上，将那珠宝晶莹、黄金灿烂的璎珞掏了出来。宝玉忙托着锁看时，果然一面有四个字，两面八个字，共成两句吉谶。

薛八回薛宝钗小恙梨香院

大闹书房

那贾菌即便跳出来，要揪打那飞砚的人。金荣此时随手抓了一根毛竹大板在手，地狭人多，那里经得舞动长板。茗烟早吃了一下，乱嚷：『你们还不来动手？』宝玉还有几个小厮：一名扫红，一名锄药，一名墨雨。这三个岂有不淘气的，一齐乱嚷：『小妇养的！动了兵器了！』墨雨遂掇起一根门闩，扫红、锄药手中都是马鞭子，蜂拥而上。贾瑞急得拦一回这个，劝一回那个，谁听他的话，肆行大乱。众顽童也有帮着打太平拳助乐的，也有胆小藏过一边的，也有立在桌上拍着手乱笑、喝着声儿叫打的：登时鼎沸起来。

九回 起嫌疑顽童闹学堂

贾蓉于是同先生到外边屋里炕上坐了。一个婆子端了茶来，贾蓉道：『先生请茶。』茶毕，问道：『先生看这脉息还治得治不得？』先生说：『看得尊夫人脉息，左寸沉数，左关沉伏；右寸细而无力，右关虚而无神。其左寸沉数者，乃心气虚而生火；左关沉伏者，乃肝家气滞血亏。右寸细而无力者，乃肺经气分太虚；右关虚而无神者，乃脾土被肝木克制。心气虚而生火者，应现今经期不调，夜间不寐；肝家血亏气滞者，应胁下痛胀，月信过期，心中发热；肺经气分太虚者，头目不时眩晕，寅卯间必然自汗，如坐舟中；脾土被肝木克制者，必定不思饮食，精神倦怠，四肢酸软。据我看这脉，当有这些症候才对。或以这个的为喜脉，则小弟不敢闻命矣。』

十回 張太医論病细穷源

贾瑞戏凤

凤姐儿看着园中景致，一步步行来。正赞赏时，猛然从假山石后走出一个人来，向前对凤姐说道：『请嫂子安。』凤姐猛吃一惊，将身往后一退，说道：『这是瑞大爷不是？』贾瑞说道：『嫂子连我也不认得了？』凤姐儿道：『不是不认得，猛然一见，想不到是大爷在这里。』贾瑞道：『也是合该我与嫂子有缘：我方才偷出了席，在这里清净地方略散一散，不想就遇见嫂子。这不是有缘么？』一面说着，一面拿眼睛不住的观看凤姐。

风月宝鉴

那道士叹道：『你这病非药可医。我有个宝贝与你，你天天看时，此命可保矣。』说毕，从搭裢中取出个正面反面皆可照人的镜子来，背上錾着『风月宝鉴』四字，递与贾瑞道：『这物出自太虚幻境空灵殿上，警幻仙子所制，专治邪思妄动之症，有济世保生之功。所以带他到世上来，单与那些聪明俊秀、风雅王孙等照看。千万不可照正面，只照背面，要紧，要紧！三日后我来收取，管叫你病好。』说毕，佯长而去。众人苦留不住。

凤姐还欲问时，只听二门上传出云板，连叩四下，正是丧音，将凤姐惊醒。人回：『东府蓉大奶奶没了。』凤姐吓了一身冷汗，出了一会神，只得忙穿衣服，往王夫人处来。彼时合家皆知，无不纳闷，都有些伤心。那长一辈的想他素日孝顺，平辈的想他素日和睦亲密，下一辈的想他素日慈爱，以及家中仆从老小想他素日怜贫惜贱、爱老慈幼之恩，莫不悲号痛哭。

十三回 秦可卿死封龙禁尉

协理宁府

凤姐便说道：『明儿他也来迟了，后儿我也来迟了，将来都没有人了。本来要饶你，只是我头一次宽了，下次就难管别人了，不如开发了好。』登时放下脸来，叫：『带出去，打他二十板子！』众人见凤姐动怒，不敢怠慢，拉出去照数打了，进来回复。凤姐又掷下宁府对牌：『说与赖升，革他一个月的钱粮。』吩咐：『散了罢。』众人方各自办事去了。那被打的也含羞饮泣而去。

十四回 林如海捐馆扬州城

凤姐弄权

凤姐听了这话，便发了兴头，说道：『你是素日知道我的，从来不信什么阴司地狱报应的，凭是什么事，我说要行就行。你叫他拿三千两银子来，我就替他出这口气。』老尼听说，喜之不胜，忙说：『有，有！这个不难。』凤姐又道：『我比不得他们扯篷拉纤的图银子：这三千两银子，不过是给打发说去的小厮们作盘缠，使他赚几个辛苦钱儿；我一个钱也不要，就是三万两，我此刻还拿的出来。』老尼忙答应道：『既如此，奶奶明天就开恩罢了。』凤姐道：『你瞧瞧我忙的，那一处少的了我？我既应了你，自然给你了结啊。』老尼道：『这点子事，要在别人，自然忙的不知怎么样；要是奶奶跟前，再添上些，也不够奶奶一办的。俗语说的：「能者多劳。」太太见奶奶这样才情，越发都推给奶奶了。只是奶奶也要保重贵体些才是。』一路奉承，凤姐越发受用了，也不顾劳乏，更攀谈起来。

十五回 王熙凤弄权铁槛寺

第十六回 ／ 贾元春才选凤藻宫 秦鲸卿夭逝黄泉路

贾琏回府

且说贾琏自回家见过众人，回至房中，正值凤姐事繁，无片刻闲空，见贾琏远路归来，少不得拨冗接待。因房内别无外人，便笑道：『国舅老爷大喜！国舅老爷一路风尘辛苦。小的听见昨日的头起报马来说，今日大驾归府，略预备了一杯水酒掸尘，不知可赐光谬领否？』贾琏笑道：『岂敢，岂敢！多承，多承！』一面平儿与众丫鬟参见毕，端上茶来。

福
十六回 賈元春才选凤藻宫

宝玉题额

贾政拈须沉吟，意欲也题一联，忽抬头见宝玉在旁不敢作声，因喝道：『怎么你应说话时又不说了？还要等人请教你不成？』宝玉听了，回道：『此处并没有什么「兰麝」、「明月」、「洲渚」之类，若要这样着迹说来，就题二百联也不能完。』贾政道：『谁按着你的头，教你必定说这些字样呢？』宝玉道：『如此说，则匾上莫若「蘅芷清芬」四字。对联则是：吟成豆蔻诗犹艳，睡足荼蘼梦亦香。』

十七回 大觀園試才題对額

元妃省亲

茶三献，贾妃降座，乐止，退入侧室更衣，方备省亲车驾出园。至贾母正室，欲行家礼，贾母等俱跪止之。贾妃垂泪，彼此上前厮见，一手挽贾母，一手挽王夫人。三人满心皆有许多话，但说不出，只是呜咽对泣而已。邢夫人、李纨、王熙凤、迎春、探春、惜春等，俱在旁垂泪无言。半日，贾妃方忍悲强笑，安慰道：『当日既送我到那不得见人的去处，好容易今日回家，娘儿们这时不说不笑，反倒哭个不了；一会子我去了，又不知多早晚才能一见呢！』说到这句，不禁又哽咽起来。

第十八回 ╱ 皇恩重元妃省父母 天伦乐宝玉呈才藻

十八回 皇恩重元妃省父母

静日生香

宝玉见问，一时解不来，因问：『什么「暖香」？』黛玉点头笑叹道：『蠢才，蠢才！你有「玉」，人家就有「金」来配你；人家有「冷香」，你就没有「暖香」去配他？』宝玉方听出来，因笑道：『方才告饶，如今更说狠了。』说着又要伸手。黛玉忙笑道：『好哥哥，我可不敢了。』宝玉笑道：『饶你不难，只把袖子我闻一闻。』说着便拉了袖子，笼在面上，闻个不住。黛玉夺了手道：『这可该去了。』宝玉笑道：『要去不能。咱们斯斯文文的躺着说话儿。』说着，复又躺下。黛玉也躺下，用绢子盖上脸。

十九回 意绵绵静日玉生香

宝玉篦头

宝玉听了这话，公然又是一个袭人了，因笑道：『我在这里坐着，你放心去罢。』麝月道：『你既在这里，越发不用去了，咱们两个说话儿不好？』宝玉道：『咱们两个做什么呢？怪没意思的。也罢了，早起你说头上痒痒，这会子没什么事，我替你篦头罢。』麝月听了道：『使得。』说着，将文具镜匣搬来，卸去钗镮，打开头发；宝玉拿了篦子，替他篦。

绛芸
红楼梦全图 第二十回 又易其稿 己卯

第二十一回 ／ 贤袭人娇嗔箴宝玉 俏平儿软语救贾琏

湘云求饶

话说史湘云说着笑着跑出来，怕黛玉赶上。宝玉在后忙说：『绊倒了，那里就赶上了？』黛玉赶到门前，被宝玉叉手在门框上拦住，笑道：『饶他这一遭儿罢。』黛玉拉着手说道：『我要饶了云儿，再不活着。』湘云见宝玉拦着门，料黛玉不能出来，便立住脚，笑道：『好姐姐，饶我这遭儿罢。』却值宝钗来在湘云身背后，也笑道：『我劝你们两个看宝兄弟面上，都撂开手罢。』黛玉道：『我不依。你们是一气的，都来戏弄我。』宝玉劝道：『罢呦！谁敢戏弄你？你不打趣他，他就敢说你了？』

红楼梦全图 此系第二十一回 乙卯

贾母听戏

至二十一日，就贾母内院搭了家常小巧戏台，定了一班新出的小戏，昆、弋两腔俱有。就在贾母上房摆了几席家宴酒席，并无一个外客，只有薛姨妈、史湘云、宝钗是客，馀者皆是自己人。

大闹天宫
加演
二十二回 听曲文宝玉悟禅机

双玉读曲

宝玉笑道：「妹妹，你说好不好？」黛玉笑着点头儿。宝玉笑道：「我就是个『多愁多病的身』，你就是那『倾国倾城的貌』。」黛玉听了，不觉连腮带耳的通红了，登时竖起两道似蹙非蹙的眉，瞪了一双似睁非睁的眼，桃腮带怒，薄面含嗔，指着宝玉道：「你这该死的胡说了！好好儿的把这些淫词艳曲弄了来，说这些混账话欺负我！我告诉舅舅、舅母去。」

绘红楼梦全图 第二十三回 西厢记妙词通戏语 牡丹亭艳曲惊芳心 己卯

痴女遗帕

正没好气，忽然听见老嬷嬷说起贾芸来，不觉心中一动。便闷闷的回房，睡在床上，暗暗思量，翻来覆去，自觉没情没趣的。忽听的窗外低低的叫道：『红儿，你的绢子我拾在这里呢。』小红听了，忙走出来看时，不是别人，正是贾芸。小红不觉粉面含羞，问道：『二爷在那里拾着的？』只见那贾芸笑道：『你过来，我告诉你。』一面说，一面就上来拉他的衣裳。那小红臊的转身一跑，却被门槛子绊倒。

二十四回 痴女兒遺帕惹相思

宝玉烫伤

二人正闹着，原来贾环听见了，素日原恨宝玉，今见他和彩霞玩耍，心上越发按不下这口气。因一沉思，计上心来：故作失手，将那一盏油汪汪的蜡烛，向宝玉脸上只一推。只听宝玉『嗳哟』的一声，满屋里人都唬了一跳。连忙将地下的绰灯移过来一照，只见宝玉满脸是油。王夫人又气又急，忙命人替宝玉擦洗，一面骂贾环。凤姐三步两步上炕去替宝玉收拾着，一面说：『这老三还是这么毛脚鸡似的。我说你上不得台盘。赵姨娘平时也该教导教导他。』

红楼梦全图之第二十五回

春困情思

说着，便顺脚一径来至一个院门前，看那凤尾森森，龙吟细细：正是潇湘馆。宝玉信步走入，只见湘帘垂地，悄无人声。走至窗前，觉得一缕幽香，从碧纱窗中暗暗透出。宝玉便将脸贴在纱窗上看时，耳内忽听得细细的长叹了一声，道：『每日家情思睡昏昏。』宝玉听了，不觉心内痒将起来。再看时，只见黛玉在床上伸懒腰。宝玉在窗外笑道：『为什么「每日家情思睡昏昏」的？』一面说，一面掀帘子进来了。

二十六回 瀟湘館春困發幽情

宝钗扑蝶

想毕，抽身回来。刚要寻别的姊妹去，忽见面前一双玉色蝴蝶，大如团扇，一上一下，迎风翩跹，十分有趣。宝钗意欲扑了来玩耍，遂向袖中取出扇子来，向草地下来扑。只见那一双蝴蝶忽起忽落，来来往往，将欲过河去了。引的宝钗蹑手蹑脚的一直跟到池边滴翠亭上，香汗淋漓，娇喘细细。宝钗也无心扑了，刚欲回来，只听那亭里边嘁嘁喳喳，有人说话。原来这亭子四面俱是游廊曲栏，盖在池中水上，四面雕镂槅子，糊着纸。

二十七回 滴翠亭杨妃戏彩蝶

黛玉葬花

将已到了花冢，犹未转过山坡，只听那边有呜咽之声，一面数落着，哭的好不伤心。宝玉心下想道：『这不知是那屋里的丫头受了委屈，跑到这个地方来哭。』一面想，一面煞住脚步，听他哭道是：

花谢花飞飞满天，红消香断有谁怜？
游丝软系飘春榭，落絮轻沾扑绣帘。
……

二十七回 埋香冢飞燕泣残红

偷换汗巾

宝玉回至园中，宽衣吃茶。袭人见扇上的坠儿没了，便问他：『往那里去了？』宝玉道：『马上丢了。』袭人也不理论。及睡时，见他腰里一条血点似的大红汗巾子，便猜着了八九分，因说道：『你有了好的系裤子了，把我的那条还我罢。』宝玉听说，方想起那汗巾子原是袭人的，不该给人。心里后悔，口里说不出来，只得笑道：『我赔你一条罢。』袭人听了，点头叹道：『我就知道你又干这些事了。也不该拿我的东西给那些混帐人哪！也难为你心里没个算计儿。』还要说几句，又恐怄上他的酒来，少不得也睡了。一宿无话。

次日天明方醒，只见宝玉笑道：『夜里失了盗也不知道，你瞧瞧裤子上。』袭人低头一看，只见昨日宝玉系的那条汗巾子，系在自己腰里了，便知是宝玉夜里换的。忙一顿就解下来，说道：『我不稀罕这行子，趁早儿拿了去！』宝玉见他如此，只得委婉解劝了一回。袭人无法，暂且系上。过后宝玉出去，终久解下来，扔在个空箱子里了，自己又换了一条系着。

二十八回
蒋玉菡情赠茜香罗

道观听戏

这里贾母和众人上了楼，在正面楼上归坐；凤姐等上了东楼；众丫头等在西楼轮流伺候。一时贾珍上来回道：『神前拈了戏，头一本是《白蛇记》。』贾母便问：『是什么故事？』贾珍道：『汉高祖斩蛇起首的故事。第二本是《满床笏》。』贾母点头道：『倒是第二本，也还罢了。神佛既这样，也只得如此。』又问第三本，贾珍道：『第三本是《南柯梦》。』贾母听了，便不言语。贾珍退下来，走至外边，预备着申表，焚钱粮，开戏，不在话下。

宝玉造次

宝玉听说，自己由不得脸上没意思，只得又搭讪笑道：『怪不得他们拿姐姐比杨妃，原也富胎些。』宝钗听说，登时红了脸，待要发作，又不好怎么样。回思了一会，脸上越下不来，便冷笑了两声，说道：『我倒像杨妃，只是没个好哥哥好兄弟可以做得杨国忠的！』正说着，可巧小丫头靓儿因不见了扇子，和宝钗笑道：『必是宝姑娘藏了我的。好姑娘，赏我罢。』宝钗指着他厉声说道：『你要仔细！你见我和谁玩过？有和你素日嘻皮笑脸的那些姑娘们，你该问他们去！』说的靓儿跑了。宝玉自知又把话说造次了，当着许多人，比才在黛玉跟前更不好意思，便急回身，又向别人搭讪去了。

三十回 宝钗借扇机带双敲

晴雯撕扇

晴雯听了，笑道：『既这么说，你就拿了扇子来我撕，我最喜欢听撕的声儿。』宝玉听了，便笑着递给他。晴雯果然接过来，嗤的一声，撕了两半，接着又听嗤嗤几声。宝玉在旁笑着说：『撕的好！再撕响些。』

第三十一回／撕扇子作千金一笑　因麒麟伏白首双星

三十一回 撕扇子作千金一笑

金钏投井

一句话未了，忽见一个老婆子忙忙走来，说道：『这是那里说起，金钏儿姑娘好好儿的投井死了！』袭人听得，唬了一跳，忙问：『那个金钏儿？』那老婆子道：『那里还有两个金钏儿呢？就是太太屋里的。前日不知为什么撵出去，在家里哭天抹泪的，也都不理会他。谁知找不着他，才有打水的人说那东南角上井里打水，见一个尸首，赶着叫人打捞起来，谁知是他。他们还只管乱着要救，那里中用了呢。』宝钗道：『这也奇了！』袭人听说，点头赞叹，想素日同气之情，不觉流下泪来。宝钗听见这话，忙向王夫人处来安慰。这里袭人自回去了。

三十二回 含耻辱情烈死金钏

宝玉挨打

宝玉急的手脚正没抓寻处，只见贾政的小厮走来，逼着他出去了。贾政一见，眼都红了，也不暇问他在外流荡优伶，表赠私物，在家荒疏学业，逼淫母婢，只喝命：『堵起嘴来，着实打死！』小厮们不敢违，只得将宝玉按在凳上，举起大板，打了十来下。宝玉自知不能讨饶，只是呜呜的哭。贾政还嫌打的轻，一脚踢开掌板的，自己夺过板子来，狠命的又打了十几下。宝玉生来未经过这样苦楚，起先觉得打的疼不过，还乱嚷乱哭；后来渐渐气弱声嘶，哽咽不出。

正直
焕
昭乾

黛玉劝错

此时黛玉虽不是嚎啕大哭，然越是这等无声之泣，气噎喉堵，更觉利害。听了宝玉这些话，心中提起万句言词，要说时却不能说得半句。半天，方抽抽噎噎的道：『你可都改了罢！』宝玉听说，便长叹一声道：『你放心，别说这样话。我便为这些人死了，也是情愿的。』

三十四回情中情因情感妹妹 错里错以错劝哥哥 己卯作红楼梦全图

玉钏尝羹

宝玉笑道：『好姐姐，你要生气，只管在这里生罢。见了老太太、太太，可和气着些；若还这样，你就要挨骂了。』玉钏儿道：『吃罢，吃罢。你不用和我甜嘴蜜舌的了，我都知道啊。』说着，催宝玉喝了两口汤。宝玉故意说不好吃。玉钏儿撇嘴道：『阿弥陀佛！这个还不好吃，也不知什么好吃呢？』宝玉道：『一点味儿也没有。你不信尝一尝，就知道了。』玉钏儿果真赌气尝了一尝。宝玉笑道：『这可好吃了。』玉钏儿听说，方解过他的意思来，原是宝玉哄他喝一口。便说道：『你既说不喝，这会子说好吃，也不给你喝了。』宝玉只管陪笑央求要喝；玉钏儿又不给他，一面又叫人打发吃饭。

三十五回 白玉钏親来尝蓮葉羹

巧逗龄官

宝玉此刻把听曲子的心都没了，且要看他和龄官是怎么样。只见贾蔷进去，笑道：『你来瞧这个玩意儿。』龄官起身问：『是什么？』贾蔷道：『买了个雀儿给你玩，省了你天天儿发闷。我先玩个你瞧瞧。』说着，便拿些谷子，哄的那个雀儿果然在那戏台上衔着鬼脸儿和旗帜乱串。众女孩子都笑了；独龄官冷笑两声，赌气仍睡着去了。

三十六回 識分定情悟梨香院 己卯

海棠吟诗

众人看了，都道：『是这首为上。』李纨道：『若论风流别致，自是这首；若论含蓄浑厚，终让蘅稿。』探春道：『这评的有理，潇湘妃子当居第二。』李纨道：『怡红公子是压尾，你服不服？』宝玉道：『我的那首原不好，这评的最公。』又笑道：『只是蘅、潇二首，还要斟酌。』李纨道：『原是依我评论，不与你们相干。再有多说者必罚。』宝玉听说，只得罢了。

三十七回 秋爽齋偶結海棠社

黛玉夺魁

众人看一首，赞一首，彼此称扬不绝。李纨笑道：「等我从公评来。通篇看来，各人有各人的警句。今日公评：《咏菊》第一，《问菊》第二，《菊梦》第三；题目新，诗也新，立意更新了，只得要推潇湘妃子为魁了。然后《簪菊》《对菊》《供菊》《画菊》《忆菊》次之。」宝玉听说，喜的拍手叫道：「极是！极公！」黛玉道：「我那个也不好，到底伤于纤巧些。」李纨道：「巧的却好，不露堆砌生硬。」

老老送礼

平儿忙道：『多谢费心。』又让坐，自己坐了，又让张婶子、周大娘坐了，命小丫头子倒茶去。周瑞、张材两家的因笑道：『姑娘今日脸上有些春色，眼圈儿都红了。』平儿笑道：『可不是，我原不喝，大奶奶和姑娘们只是拉着死灌，不得已喝了两钟，脸就红了。』张材家的笑道：『我倒想着要喝呢，又没人让我。明日再有人请姑娘，可带了我去罢。』说着，大家都笑了。周瑞家的道：『早起我就看见那螃蟹了，一斤只好称两个三个，这么两三大篓，想是有七八十斤呢。』周瑞家的又道：『要是上上下下，只怕还不够。』平儿道：『那里都吃，不过都是有名儿的吃两个子；那些散众儿的，也有摸着的，也有摸不着的。』刘老老道：『这些螃蟹，今年就值五分一斤，十斤五钱，五五二两五，三五一十五，再搭上酒菜，一共倒有二十多两银子。阿弥陀佛！这一顿的银子，够我们庄家人过一年了。』

三十九回 村姥姥是信口開河

第四十回 ／ 史太君两宴大观园 金鸳鸯三宣牙牌令

老老赴宴

那刘老老入了坐，拿起箸来，沉甸甸的不伏手，原是凤姐和鸳鸯商议定了，单拿了一双老年四楞象牙镶金的筷子给刘老老。刘老老见了，说道：『这个叉巴子，比我们那里的铁锨还沉，那里拿的动他？』说的众人都笑起来。只见一个媳妇端了一个盒子站在当地，一个丫鬟上来揭去盒盖，里面盛着两碗菜。李纨端了一碗放在贾母桌上，凤姐偏拣了一碗鸽子蛋放在刘老老桌上。

四十回 金鸳鸯三宣牙牌令

宝玉品茶

宝玉细细吃了，果觉清淳无比，赏赞不绝。妙玉正色道：『你这遭吃茶，是托他两个的福；独你来了，我是不能给你吃的。』宝玉笑道：『我深知道。我也不领你的情，只谢他二人便了。』妙玉听了，方说：『这话明白。』

四十一回 栊翠庵茶品梅花雪

戏谑宝玉

宝钗道：『你何不早说？这些东西我却还有，只是你用不着，给你也白放着。如今我且替你收着，等你用着这个的时候，我送你些。也只可留着画扇子，若画这大幅的，也就可惜了。今儿替你开个单子，照着单子和老太太要去。你们也未必知道的全，我说着，宝兄弟写。』

四十二回 潇湘子雅谑补余香

撮土为香

老姑子献了茶，宝玉因和他借香炉烧香。那姑子去了半日，连香供纸马都预备了来。宝玉说道：『一概不用。』命焙茗捧着炉，出至后园中，拣一块干净地方儿，竟拣不出。焙茗道：『那井台上如何？』宝玉点头。一齐来至井台上，将炉放下，焙茗站过一旁。宝玉掏出香来焚上，含泪施了半礼，回身命收了去。

四十三回 不了情暂撮土为香

平儿理妆

平儿听了有理，便去找粉，只不见粉。宝玉忙走至妆台前，将一个宣窑瓷盒揭开，里面盛着一排十根玉簪花棒儿，拈了一根递与平儿。又笑说道：『这不是铅粉，这是紫茉莉花种研碎了，对上料制的。』平儿倒在掌上看时，果见轻白红香，四样俱美；扑在面上，也容易匀净，且能润泽，不像别的粉涩滞。然后看见胭脂，也不是一张，却是一个小小的白玉盒子，里面盛着一盒，如玫瑰膏子一样。

第四十五回／金兰契互剖金兰语　风雨夕闷制风雨词

夜探潇湘

吟罢搁笔，方欲安寝，丫鬟报说：「宝二爷来了。」一语未尽，只见宝玉头上戴着大箬笠，身上披着蓑衣。黛玉不觉笑道：「那里来的这么个渔翁？」宝玉忙问：「今儿好？吃了药了没有？今儿一日吃了多少饭？」一面说，一面摘了笠，脱了蓑。一手举起灯来，一手遮着灯儿，向黛玉脸上照了一照，觑着瞧了一瞧，笑道：「今儿气色好了些。」

四十五回風雨夕悶製風雨詞
怡紅

鸳鸯拒婚

鸳鸯看见，忙拉了他嫂子，到贾母跟前跪下，一面哭，一面说，把邢夫人怎么来说，园子里他嫂子怎么说，今儿他哥哥又怎么说，说了一遍。又道：『因为我不依，方才大老爷越发说我恋着宝玉，不然，要等着往外聘。凭我到天上，这一辈子也跳不出他的手心去，终久要报仇。我是横了心的，当着众人在这里，我这一辈子，别说是宝玉，就是宝金、宝银、宝天王、宝皇帝，横竖不嫁人就完了。就是老太太逼着我，一刀子抹死了，也不能从命。伏侍老太太归了西，我也不跟着我老子娘、哥哥去，或是寻死，或是剪了头发当姑子去。要说我不是真心，暂且拿话支吾，这不是天地鬼神、日头月亮照着？嗓子里头长疔！』原来这鸳鸯一进来时，便袖内带了一把剪子，一面说着，一面回手打开头发就铰。

四十六回

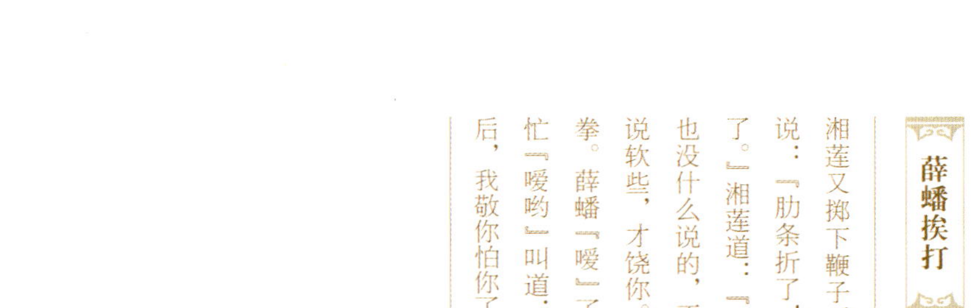

薛蟠挨打

湘莲又掷下鞭子，用拳头向他身上擂了几下。薛蟠便乱滚乱叫说：「肋条折了！我知道你是正经人，因为我错听了旁人的话了。」湘莲道：「不用拉旁人，你只说现在的。」薛蟠道：「现在也没什么说的，不过你是个正经人，我错了。」湘莲道：「还要说软些，才饶你。」薛蟠哼哼的道：「好兄弟……」湘莲便又一拳。薛蟠「嗳」了一声道：「好哥哥……」湘莲又连两拳。薛蟠忙「嗳哟」叫道：「好老爷！饶了我这没眼睛的瞎子罢，从今以后，我敬你怕你了。」

四十七回 呆霸王調情遭苦打 冷郎君懼禍走他鄉

香菱学诗

香菱道：『我只爱陆放翁的「重帘不卷留香久，古砚微凹聚墨多」，说的真切有趣。』黛玉道：『断不可看这样的诗。你们因不知诗，所以见了这浅近的就爱，一入了这个格局，再学不出来的。你只听我说：你若真心要学，我这里有《王摩诘全集》，你且把他的五言律一百首细心揣摩透熟了，然后再读一二百首老杜的七言律，次之再李青莲的七言绝句读一二百首。肚子里先有了这三个人做了底子，然后再把陶渊明、应、刘、谢、阮、庾、鲍等人的一看，你又是这样一个极聪明伶俐的人，不用一年工夫，不愁不是诗翁了。』

四十八回慕雅女雅集苦吟詩

第四十九回 / 琉璃世界白雪红梅 脂粉香娃割腥啖膻

踏雪赏梅

宝玉便邀着黛玉同往稻香村来。黛玉换上掐金挖云红香羊皮小靴，罩了一件大红羽纱面白狐狸皮的鹤氅，系一条青金闪绿双环四合如意绦，上罩了雪帽。

二人一齐踏雪行来，只见众姊妹都在那里，都是一色大红猩猩毡与羽毛缎斗篷，独李纨穿一件哆罗呢对襟褂子，薛宝钗穿一件莲青斗纹锦上添花洋线番羓丝的鹤氅；邢岫烟仍是家常旧衣，并没避雨之衣。

四十九回 琉璃世界白雪红梅 己卯

即景作诗

湘云且告诉宝玉方才的诗题，又催宝玉快做。宝玉道：『好姐姐好妹妹们，让我自己用韵罢，别限韵了。』众人都说：『随你做去罢。』一面说，一面大家看梅花。原来这一枝梅花只有二尺来高，旁有一枝纵横而出，约有二三尺长。其间小枝分歧：或如蟠螭，或如偃蚓；或孤削如笔，或密聚如林。真乃花吐胭脂，香欺兰蕙，各各称赏。

五十回 蘆雪广争联即景詩

袭人离府

一面说，一面只见凤姐命平儿将昨日那件石青刻丝八团天马皮褂子拿出来，给了袭人。又看包袱，只得一个弹墨花绫水红绸里的夹包袱，里面只见包着两件半旧绵袄合皮褂子。凤姐又命平儿把一个玉色绸里的哆罗呢包袱拿出来，又命包上一件雪褂子。

順福蘭

晴雯补裘

一面说，一面坐起来，挽了一挽头发，披了衣裳。只觉头重身轻，满眼金星乱迸，实实撑不住。待不做，又怕宝玉着急，少不得狠命咬牙挨着。便命麝月只帮着拈线。晴雯先拿了一根比一比，笑道：『这虽不很像，要补上也不很显。』宝玉道：『这就很好，那里又找俄罗斯国的裁缝去？』晴雯先将里子拆开，用茶杯口大小一个竹弓，钉绷在背面；再将破口四边，用金刀刮的散松松的；然后用针缝了两条，分出经纬，亦如界线之法，先界出地子来；后依本纹来回织补。补两针，又看看。织补不上三五针，便伏在枕上歇一会。

元宵开宴

贾母歪在榻上，和众人说笑一会，又取眼镜向戏台上照一会。又说：『恕我老了，骨头疼，容我放肆些，歪着相陪罢。』又命琥珀坐在榻上，拿着美人拳捶腿。榻下并不摆席面，只一张高几，设着高架缨络、花瓶、香炉等物。外另设一小高桌，摆着杯箸。在旁边一席，命宝琴、湘云、黛玉、宝玉四人坐着，每馔果菜来，先捧给贾母看，喜则留在小桌上尝尝，仍撤了放在席上，只算他四人跟着贾母坐。下面方是邢夫人、王夫人之位。下边便是尤氏、李纨、凤姐、贾蓉的媳妇。西边便是宝钗、李纹、李绮、岫烟、迎春姐妹等。

五十三回 榮國府元宵開夜宴

薛姨妈笑道：『你少兴头些，外头有人，比不得往常。』凤姐儿笑道：『外头只有一位珍大哥哥，我们还是论哥哥妹妹，从小儿一处淘气淘了这么大。这几年因做了亲，我如今立了多少规矩了，便不是从小儿兄妹，只论大伯子小婶儿。那《二十四孝》上斑衣戏彩，他们不能来戏彩引老祖宗笑一笑，我这里好容易引的老祖宗笑一笑，多吃了一点东西，大家喜欢，都该谢我才是，难道反笑我不成？』贾母笑道：『可是这两日我竟没有痛痛的笑一场，倒是亏他才一路说，笑的我这里痛快了些，我再吃钟酒。』吃着酒，又命宝玉：『来敬你姐姐一杯。』凤姐儿笑道：『不用他敬，我讨老祖宗的寿罢。』说着便将贾母的杯拿起来，将半杯剩酒吃了，将杯递与丫鬟，另将温水浸的杯换一个上来。于是各席上的都撤去，另将温水浸着的代换，斟了新酒上来，然后归坐。

五十四回 王熙凤效戏彩斑衣

姨娘问责

探春没听完，气的脸白气噎，越发呜呜咽咽的哭起来。因问道：『谁是我舅舅？我舅舅早升了九省的检点了，那里又跑出一个舅舅来？我倒素昔按礼尊敬，怎么敬出这些亲戚来了？既这么说，每日环儿出去，为什么赵国基又站起来？又跟他上学？为什么不拿出舅舅的款来？何苦来！谁不知道我是姨娘养的，必要过两三个月寻出由头来，彻底来翻腾一阵，怕人不知道，故意表白表白。也不知道是谁给谁没脸？幸亏我还明白，但凡糊涂不知礼的，早急了。』

五十五回 辱親女愚妾爭閑气
入室茶香燭尚明
鶴靜堂

探春除弊

探春听了，便和李纨命人将园中所有婆子的名单要来，大家参度，大概定了几个人。又将他们一齐传来，李纨大概告诉给他们。众人听了，无不愿意。也有说：『那片竹子单交给我，一年工夫，明年又是一片。除了家里吃的笋，一年还可交些钱粮。』这一个说：『那一片稻地交给我，一年这些玩的大小雀鸟的粮食，不必动官中钱粮，我还可以交钱粮。』

紫鹃试玉

宝玉听了，便如头顶上响了一个焦雷一般。紫鹃看他怎么回答，等了半天，见他只不作声。才要再问，只见晴雯找来说：『老太太叫你呢，谁知在这里。』紫鹃笑道：『他这里问姑娘的病症，我告诉了他半天，他只不信，你倒拉他去罢。』说着，自己便走回房去了。

五十七回 慧紫鵑情辞試莽玉

编梦解围

宝玉忙拉藕官，又用拄杖隔开那婆子的手，说道：『你只管拿了回去。实告诉你，我这夜做了个梦，梦见杏花神和我要一挂白钱，不可叫本房人烧，另叫生人替烧，我的病就好的快了。所以我请了白钱，巴巴的烦他来替我烧了，我今日才能起来。偏你又看见了，这会子又不好了，都是你冲了，还要告他去？藕官，你只管见他们去，就依着这话说。』

五十八回 茜纱窗真情揆痴理

莺儿编柳

藕官接了，笑嘻嘻同他二人出来，一径顺着柳堤走来。莺儿便又采些柳条，索性坐在山石上编起来；又命蕊官先送了硝去再来。他二人只顾爱看他编，那里舍得去。莺儿只管催，说：『你们再不去，我就不编了。』藕官便说：『同你去了，再快回来。』二人方去了。

这里莺儿正编，只见何妈的女儿春燕走来，笑问：『姐姐编什么呢？』正说着，蕊官、藕官也到了，春燕便向藕官道：『前日你到底烧了什么纸？叫我姨妈看见了，要告你没告成，倒被宝玉赖了他好些不是，气得他一五一十告诉我妈。你们在外头二三年了，积了些什么仇恨，如今还不解开？』藕官冷笑道：『有什么仇恨，他们不知足，反怨我们。在外头这两年，不知赚了我们多少东西，你说说可有的没的？』

五十九回 柳叶渚边嗔莺咤燕

第六十回 / 茉莉粉替去蔷薇硝 玫瑰露引出茯苓霜

姨娘受辱

正没开交，谁知晴雯早遣春燕回了探春。当下尤氏、李纨、探春三人带着平儿与众媳妇走来，忙忙把四个喝住。问起原故来，赵姨娘气的瞪着眼，粗了筋，一五一十，说个不清。尤、李两个不答言，只喝禁他四人。探春便叹气说道：『这是什么大事，姨娘太肯动气了。我正有一句话，要请姨娘商议，怪道丫头们说不知在那里，原来在这里生气呢。姨娘快同我来。』尤氏、李纨都笑说：『请姨娘到厅上来，咱们商量。』

怡紅院
六十回 茉莉粉替去薔薇硝

平儿行权

平儿便命一个人叫了他两个来，说道：『不用慌，贼已有了。』玉钏儿先问：『贼在那里？』平儿道：『现在二奶奶屋里呢，问他什么应什么。我心里明白，知道不是他偷的，可怜他害怕，都承认了。这里宝二爷不过意，要替他认一半。我要说出来呢，但只是这做贼的，素日又是和我好的一个姐妹；窝主却是平常，里面又伤了一个好人的体面，因此为难。少不得央求宝二爷应了，大家无事。如今反要问你们两个，还是怎么样？要从此以后，大家小心存体面呢，就求宝二爷应了；要不然，我就回了二奶奶，别冤屈了人。』

六十一回 判冤决狱平儿行权

第六十二回 ／ 憨湘云醉眠芍药裀 呆香菱情解石榴裙

湘云醉眠

正说着，只见一个小丫头笑嘻嘻的走来说：『姑娘们快瞧，云姑娘吃醉了，图凉快，在山子后头一块青石板磴上睡着了。』众人听说，都笑道：『快别吵嚷。』说着，都走来看时，果见湘云卧于山石僻处一个石磴子上，业经香梦沉酣。四面芍药花飞了一身，满头脸、衣襟上皆是红香散乱；手中的扇子在地下，也半被落花埋了；一群蜜蜂、蝴蝶闹嚷嚷的围着。又用鲛帕包了一包芍药花瓣枕着。

红楼梦全图第六十二回 憨湘云醉眠芍药裀

群芳开宴

春燕、四儿都巴不得一声，二人忙命开门，各带小丫头，分头去请。晴雯、麝月、袭人三人又说：『他两个去请，只怕不肯来。须得我们去请，死活拉了来。』于是袭人、晴雯忙又命老婆子打个灯笼，二人又去。果然宝钗说夜深了，黛玉说身上不好。他二人再三央求：『好歹给我们一点体面，略坐坐再来。』众人听了，却也欢喜。因想不请李纨，倘或被他知道了倒不好，便命翠墨同春燕也再三的请了李纨和宝琴二人，会齐，先后都到了怡红院中。袭人又死活拉了香菱来。炕上又并了一张桌子，方坐开了。

六十三回 寿怡红群芳开夜宴

宝玉看了，赞不绝口。又说道：『妹妹这诗，恰好只做了五首，何不就命曰《五美吟》？』于是不容分说，便提笔写在后面。宝钗亦说道：『做诗不论何题，只要善翻古人之意。若要随人脚踪走去，纵使字句精工，已落第二义，究竟算不得好诗。即如前人所咏昭君之诗甚多：有悲挽昭君的，有怨恨延寿的，又有讥汉帝不能使画工图貌贤臣而画美人的，纷纷不一。后来王荆公复有「意态由来画不成，当时枉杀毛延寿」；永叔有「耳目所见尚如此，万里安能制夷狄」：二诗俱能各出己见，不与人同。今日林妹妹这五首诗，亦可谓命意新奇，别开生面了。』

六十四回 幽淑女悲题五美吟

双尤劝酒

只见这三姐索性卸了妆饰，脱了大衣服，松松的挽个鬟儿，身上穿着大红小袄，半掩半开的。故意露出葱绿抹胸，一痕雪脯，底下绿裤红鞋，鲜艳夺目。忽起忽坐，忽喜忽嗔，没半刻斯文，两个坠子就和打秋千一般。灯光之下，越显得柳眉笼翠，檀口含丹。本是一双秋水眼，再吃了几杯酒，越发横波入鬓，转盼流光。真把那贾珍二人弄的欲近不能，欲远不舍，迷离恍惚，落魄垂涎。再加方才一席话，直将二人禁住。弟兄两个竟全然无一点儿能为，别说调情斗口齿，竟连一句响亮话都没了。三姐自己高谈阔论，任意挥霍，村俗流言，洒落一阵，由着性儿拿他弟兄二人嘲笑取乐。一时，他的酒足兴尽，更不容他弟兄多坐，竟撵出去了，自己关门睡去了。

三姐殉情

那尤三姐在房明明听见。好容易等了他来，今忽见反悔，便知他在贾府中听了什么话来，把自己也当做淫奔无耻之流，不屑为妻。今若容他出去和贾琏说退亲，料那贾琏不但无法可处，就是争辩起来，自己也无趣味。一听贾琏要同他出去，连忙摘下剑来，将一股雌锋隐在肘后，出来便说：『你们也不必出去再议，还你的定礼。』一面泪如雨下，左手将剑并鞘送给湘莲，右手回肘，只往项上一横。可怜：

揉碎桃花红满地，玉山倾倒再难扶。

六十六回 冷二郎一冷入空門

黛玉思乡

紫鹃笑着道：『二爷还提东西呢。因宝姑娘送了些东西来，姑娘一看，就伤起心来了。我正在这里劝解，恰好二爷来的很巧，替我们劝劝。』宝玉明知黛玉是这个原故，却也不敢提头儿，只得笑说道：『你们姑娘的原故，想来不为别的，必是宝姑娘送来的东西少，所以生气伤心。妹妹你放心，等我明年叫人往江南去，给你多多的带两船来，省得你淌眼抹泪的。』黛玉听了这些话，也知宝玉是为自己开心，也不好推，也不好认，因说道：『我任凭怎么没见过世面，也到不了这步田地：因送的东西少，就生气伤心。我又不是两三岁的孩子，你也忒把人看得小气了。我有我的原故，你那里知道？』说着，眼泪又流下来了。

六十七回 見土儀顰卿思故里

大闹东府

凤姐儿听说这话，哭着搬着尤氏的脸，问道：『你发昏了？你的嘴里难道有茄子塞着？要不就是他们给你嚼子衔上了？为什么你不来告诉我去？你要告诉了我，这会子不平安了？怎么得惊官动府，闹到这步田地？你这会子还怨他们。自古说：「妻贤夫祸少」，「表壮不如里壮」。你但凡是个好的，他们怎敢闹出这些事来？你又没才干，又没口齿，锯了嘴子的葫芦，就只会一味瞎小心，应贤良的名儿。』说着，啐了几口。尤氏也哭道：『何曾不是这样？你不信，问问跟的人，我何曾不劝的？也要他们听。叫我怎么样呢？怨不得妹妹生气，我只好听着罢了。』

六十八回 酸凤姐大闹宁国府

秋桐骂街

秋桐见贾琏请医调治，打人骂狗，为二姐十分尽心，他心中早浸了一缸醋在内了。今又听见如此说他冲了。凤姐儿又劝他说：『你暂且别处躲几日再来。』秋桐便气得哭骂道：『理那起饿不死的杂种混嚼舌根！我和他井水不犯河水，怎么就冲了他？好个爱八哥儿，在外头什么人不见，偏我来了就冲了？我还要问问他呢：到底是那里来的孩子？他不过哄我们那个棉花耳朵的爷罢了，纵有孩子，也不知张姓王姓的。奶奶稀罕那杂种羔子，我不喜欢。谁不会养？一年半载养一个，倒还是一点搀杂没有的呢。』众人又要笑，又不敢笑。

六十九回 弄小巧用借剑杀人 己卯

宝玉放鸢

此时探春的也取了来了，丫头们在那山坡上已放起来。宝琴叫丫头放起一个大蝙蝠来，宝钗也放起个一连七个大雁来。独有宝玉的美人儿再放不起来。宝玉说丫头们不会放，自己放了半天，只起房高，就落下来，急的头上的汗都出来了。众人都笑他，他便恨的摔在地下，指着风筝说道：『要不是个美人儿，我一顿脚跺个稀烂！』黛玉笑道：『那是顶线不好。拿去叫人换好了，就好放了。再取一个来放罢。』

贾母大寿

吃了茶，园中略逛了一逛，贾母等因又让入席。南安太妃便告辞说：『身上不快。今日若不来，实在使不得。因此，恕我竟先要告别了。』贾母等听说，也不便强留，大家又让了一回，送至园门，坐轿而去。接着北静王妃略坐了一坐，也就告辞了。馀者也有终席的，也有不终席的。

七十一回嫌隙人有心生嫌隙

仗势求亲

旺儿家的看着凤姐，凤姐便努嘴儿。旺儿家的会意，忙爬下就给贾琏磕头谢恩。这贾琏忙道：『你只管给你们姑奶奶磕头。我虽说了，到底也得你们姑奶奶打发人叫他女人上来，和他好说更好些；不然，太霸道了，日后你们两亲家也难走动。』

七十二回 来旺婦倚霸成親

傻姐拾囊

原来这傻大姐年方十四岁，是新挑上来给贾母这边专做粗活的。因他生的体肥面阔，两只大脚，做粗活很爽利简捷，且心性愚顽，一无知识，出言可以发笑。贾母喜欢，便起名为『傻大姐』，若有错失，也不苛责他。无事时便入园内来玩耍，正往山石背后掏促织去，忽见一个五彩绣香囊，上面绣的并非花鸟等物，一面却是两个人赤条条的相抱，一面是几个字。这痴丫头原不认得是春意儿，心下打量：『敢是两个妖精打架？不然就是两个人打架呢。』左右猜解不来，正要拿去给贾母看呢，所以笑嘻嘻走回。忽见邢夫人如此说，便笑道：『太太真个说的巧，真是个爱巴物儿。太太瞧一瞧。』说着便送过去。

七十三回 痴丫頭誤拾綉春囊

抄检晴雯

到晴雯的箱子，因问：『是谁的？怎么不打开叫搜？』袭人方欲替晴雯开时，只见晴雯挽着头发闯进来，啷一声，将箱子掀开，两手提着底子，往地下一倒，将所有之物尽都倒出来。王善保家的也觉没趣儿，便紫涨了脸，说道：『姑娘你别生气。我们并非私自就来的，原是奉太太的命来搜查。你们叫翻呢，我们就翻一翻；不叫翻，我们还许回太太去呢。那用急的这个样子？』晴雯听了这话，越发火上浇油，便指着他的脸说道：『你说你是太太打发来的，我还是老太太打发来的呢！太太那边的人，我也都见过，就只没看见你这么个有头有脸大管事的奶奶！』

榮國府

第七十五回 ／ 开夜宴异兆发悲音 赏中秋新词得佳谶

中秋夜宴

果然贾珍煮了一口猪，烧了一腔羊，备了一桌菜蔬果品，在汇芳园丛绿堂中，带领妻子、姬妾先吃过晚饭，然后摆上酒，开怀作乐赏月。将一更时分，真是风清月朗，银河微隐。贾珍因命佩凤等四个人也都入席，下面一溜坐下，猜枚搳拳。饮了一会，贾珍有了几分酒，高兴起来，便命取了一支紫竹箫来，命佩凤吹箫，文花唱曲，喉清韵雅，甚令人心动神移。唱罢，复又行令。

七十五回 赏中秋新詞得佳讖

寒塘鹤影

正说间，只听笛韵悠扬起来。黛玉笑道：『今日老太太、太太高兴，这笛子吹的有趣，倒是助咱们的兴趣了。咱们两个都爱五言，就还是五言排律罢。』湘云道：『什么韵？』黛玉笑道：『咱们数这个栏杆上的直棍，这头到那头为止，他是第几根，就是第几韵。』湘云笑道：『这倒别致。』于是二人起身，便从头数至尽头，止得十三根。湘云道：『偏又是「十三元」了，这个韵可用的少，作排律只怕牵强不能压韵呢。少不得你先起一句罢了。』黛玉笑道：『倒要试试咱们谁强谁弱。只是没有纸笔记。』湘云道：『明儿再写，只怕这一点聪明儿还有。』

晴雯丧命

宝玉见他这般，已经会意，连忙解开外衣，将自己的袄儿褪下来，盖在他身上。却把这件穿上，不及扣钮子，只用外头衣裳掩了。刚系腰时，只见晴雯睁眼道：『你扶起我来坐坐。』宝玉只得扶他，那里扶得起，好容易欠起半身。晴雯伸手把宝玉的袄儿往自己身上拉。宝玉连忙给他披上，拖着胳膊，伸上袖子，轻轻放倒。然后将他的指甲装在荷包里。晴雯哭道：『你去罢，这里腌臜，你那里受得？你的身子要紧。今日这一来，我就死了，也不枉担了虚名。』

七十七回俏丫环抱屈夭风流 己卯

第七十八回 ／ 老学士闲征姽婳词 痴公子杜撰芙蓉诔

芙蓉诔文

独有宝玉一心凄楚，回至园中，猛见池上芙蓉，想起小丫鬟说晴雯做了芙蓉之神，不觉又喜欢起来，乃看着芙蓉，嗟叹了一会。忽又想起：『死后并未至灵前一祭，如今何不在芙蓉前一祭，岂不尽了礼？』想毕，便欲行礼，忽又止道：『虽如此，亦不可太草率了。须得衣冠整齐，奠仪周备，方为诚敬。』

想了一想：『古人云：潢汙行潦，荇藻蘩之贱，可以羞王公，荐鬼神。原不在物之贵贱，只在心之诚敬而已。然非自作一篇诔文，这一段凄惨酸楚，竟无处可以发泄了。』因用晴雯素日所喜之冰鲛縠一幅，楷字写成，名曰《芙蓉女儿诔》，前序后歌；又备了晴雯素喜的四样吃食。

第七十九回 / 薛文起悔娶河东吼 贾迎春误嫁中山狼

河东狮吼

一日，薛蟠酒后，不知要行何事，先和金桂商议。金桂执意不从。薛蟠便忍不住，便发了几句话，赌气自行了。金桂便哭的如醉人一般，茶汤不进，装起病来，请医疗治。医生又说：『气血相逆，当进宽胸顺气之剂。』薛姨妈恨得骂了薛蟠一顿，说：『如今娶了亲，眼前抱儿子了，还是这么胡闹。人家凤凰似的，好容易养了一个女儿，比花朵儿还轻巧，原看的你是个人物，才给你做媳妇。你不说收了心，安分守己，一心一计，和和气气的过日子，还是这么胡闹，喝了黄汤折磨人家，这会子花钱吃药白遭心。』

囍
好合
前世姻緣
七十九回賈迎春誤嫁中山狼

第八十回／美香菱屈受贪夫棒　王道士胡诌妒妇方

香菱挨打

薛蟠好容易哄得上手，却被秋菱打散，不免一腔的兴头，变做了一腔的恶怒，都在秋菱身上。不容分说，赶出来啐了两口，骂道：「死娼妇！你这会子做什么来撞尸游魂？」秋菱料事不好，三步两步，早已跑了。薛蟠再来找宝蟾，已无踪迹了，于是只恨的骂秋菱。至晚饭后，已吃得醺醺然。洗澡时，不防水略热了些，烫了脚，便说秋菱有意害他，他赤条精光，赶着秋菱踢打了两下。秋菱虽未受过这气苦，既到了此时，也说不得了，只好自悲自怨，各自走开。

囍

四美垂钓

宝玉忍不住，拾了一块小砖头儿，往那水里一撂，咕咚一声。四个人都吓了一跳，惊讶道：「这是谁这么促狭？唬了我们一跳。」宝玉笑着从山子后直跳出来，笑道：「你们好乐啊！怎么不叫我一声儿？」探春道：「我就知道再不是别人，必是二哥哥这么淘气。没什么说的，你好好儿的赔我们的鱼罢。刚才一个鱼上来，刚刚儿的要钓着，叫你唬跑了。」宝玉笑道：「你们在这里玩，竟不找我，我还要罚你们呢。」大家笑了一会。

潇湘惊梦

黛玉拚命放声大哭，只听见紫鹃叫道：『姑娘，姑娘！怎么魇住了？快醒醒儿，脱了衣服睡罢。』黛玉一翻身，却原来是一场恶梦。喉间犹是哽咽，心上还是乱跳，枕头上已经湿透，肩背身心但觉冰冷。想了一会：『父母死的久了，和宝玉尚未放定，这是从那里说起？』又想梦中光景，无倚无靠，再真把宝玉死了，那可怎么样好？一时痛定思痛，神魂俱乱。

八十二回 病潇湘痴魂惊恶梦

宝钗吞声

金桂听了这几句话，更加拍着炕沿大哭起来说：『我那里比得秋菱？连他脚底下的泥我还跟不上呢。他是来久了的，知道姑娘的心事，又会献勤儿。我是新来的，又不会献勤儿，如何拿我比他？何苦来，天下有几个都是贵妃的命？行点好儿罢，别修的像我嫁个糊涂行子守活寡，那就是活活儿的现了眼了。』

八十三回闹闺阃薛宝钗吞声

钗玉定亲

贾母连忙接着问道：『可是前儿听见姨太太肝气疼，要打发人看去，后来听见说好了，所以没着人去。依我劝，姨太太竟把他们别放在心上。再者，他们也是新过门的小夫妻，过些时自然就好了。我看宝丫头性格儿温厚和平，虽然年轻，比大人还强几倍。前日那小丫头子回来说，我们这边还都赞叹了他一会子。都像宝丫头那样心胸儿，脾气儿，真是百里挑一的。不是我说句冒失话，那给人家作了媳妇儿，怎么叫公婆不疼，家里上上下下的不宾服呢。』

八十四回 試文字寶玉始提親

宝玉道喜

宝玉笑着进了房门，只见黛玉挨着贾母左边坐着呢，右边是湘云，地下邢、王二夫人。探春、惜春、李纨、凤姐、李纹、李绮、邢岫烟一干姐妹都在屋里，只不见宝钗、宝琴、迎春三人。宝玉此时喜的无话可说，忙给贾母道了喜，又给邢、王二夫人道喜。一一见了众姐妹，便向黛玉笑道：『妹妹身体可大好了？』黛玉也微笑道：『大好了。听见说二哥哥身上也欠安，好了么？』宝玉道：『可不是。我那日夜里忽然心里疼起来，这几天刚好些就上学去了，也没能过去看妹妹。』黛玉不等他说完，早扭过头和探春说话去了。

妙解琴书

宝玉正听得高兴，便道：『好妹妹，你才说的实在有趣。只是我才见上头的字都不认得，你教我几个呢。』黛玉道：『不用教的，一说便可以知道的。』宝玉道：『我是个糊涂人，得教我那个「大」字加一勾，中间一个「五」字的。』黛玉笑道：『这「大」字、「九」字是用左手大拇指按琴上的九徽，这一勾加「五」字是右手钩五弦。并不是一个字，乃是一声，是极容易的。还有吟、揉、绰、注、撞、走、飞、推等法，是讲究手法的。』

八十六回 寄闲情淑女解琴书

秋日感怀

于是黛玉一面说着话儿，一面站在门口，又与四人殷勤了几句，便看着他们出院去了。进来坐着，看看已是林鸟归山，夕阳西坠。因史湘云说起南边的话，便想着：『父母若在，南边的景致：春花秋月，水秀山明，二十四桥，六朝遗迹。不少下人伏侍，诸事可以任意，言语亦可不避。香车画舫，红杏青帘，惟我独尊。今日寄人篱下，纵有许多照应，自己无处不要留心。不知前生作了什么罪孽，今生这样孤凄？真是李后主说的：「此中日夕只以眼泪洗面」矣！』一面思想，不知不觉神往那里去了。

八十七回感秋深抚琴悲往事

鞭打悍仆

贾珍正在书房里歇着，听见门上闹的翻江搅海。叫人去查问，回来说道：『鲍二和周瑞的干儿子打架。』贾珍道：『周瑞的干儿子是谁？』门上的回道：『他叫何三，本来是个没味儿的，天天在家里吃酒闹事，常来门上坐着。听见鲍二和周瑞拌嘴，他就插在里头。』贾珍道：『这却可恶！把鲍二和那个什么何三给我一块儿捆起来。周瑞呢？』门上的回道：『打架时，他先走了。』贾珍道：『给我拿了来！这还了得了！』众人答应了。正嚷着，贾琏也回来了，贾珍便告诉了一遍。贾琏道：『这还了得！』又添了人去拿周瑞。周瑞知道躲不过，也找到了。贾珍便叫：『都捆上。』贾琏便向周瑞道：『你们前头的话也不要紧，大爷说开了，很是了，为什么外头又打架？你们打架已经使不得，又弄个野杂种什么何三来闹。你不压伏压伏他们，倒竟走了。』就把周瑞踢了几脚。贾珍道：『单打周瑞不中用。』喝命人把鲍二和何三各人打了五十鞭子，撵了出去，方和贾琏两个商量正事。

八十八回 正家法賈珍鞭悍僕

黛玉绝粒

那黛玉虽有贾母、王夫人等怜恤，不过请医调治，只说黛玉常病，那里知他的心病。紫鹃等虽知其意，也不敢说。从此，一天一天的减。到半月之后，肠胃日薄一日，果然粥都不能吃了。黛玉日间听见的话，都似宝玉娶亲的话；看见怡红院中的人，无论上下，也像宝玉娶亲的光景。薛姨妈来看，黛玉不见宝钗，越发起疑心。索性不要人来看望，也不肯吃药，只要速死。睡梦之中，常听见有人叫『宝二奶奶』的。一片疑心，竟成蛇影。一日，竟是绝粒，粥也不喝，恹恹一息，垂毙殆尽。

八十九回蛇影杯弓顰卿絕粒

居心叵测

宝蟾方才要走，又到门口往外看看，回过头来，向着薛蝌一笑，又用手指着里面，说道：『他还只怕要来亲自给你道乏呢。』薛蝌不知何意，反倒讪讪的起来，因说道：『姐姐替我谢大奶奶罢。天气寒，看凉着。再者，自己叔嫂，也不必拘这些个礼。』宝蟾也不答言，笑着走了。

九十回
送果品小郎惊叵测

第九十一回　纵淫心宝蟾工设计　布疑阵宝玉妄谈禅

宝蟾设计

刚到天明，早有人来叩门。薛蝌忙问：『是谁？』外面也不答应。薛蝌只得起来，开了门看时，却是宝蟾，拢着头发，掩着怀，穿了件片金边琵琶襟小紧身，上面系一条松花绿半新的汗巾，下面并未穿裙，正露着石榴红洒花夹裤，一双新绣红鞋。原来宝蟾尚未梳洗，恐怕人见，赶早来取家伙。薛蝌见他这样打扮便走进来，心中又是一动，只得陪笑问道：『怎么这么早就起来了？』宝蟾把脸红着，并不答言，只管把果子折在一个碟子里，端着就走。薛蝌见他这般，知是昨晚的原故，心里想道：『这也罢了。倒是他们恼了，索性死了心，也省了来缠。』于是把心放下，叫人舀水洗脸。自己打算在家里静坐两天：一则养养神，二则出去怕人找他。

参悟聚散

冯紫英道：『人世的荣枯，仕途的得失，终属难定。』贾政道：『天下事都是一个样的理哟！比如方才那珠子，那颗大的就像有福气的人似的，那些小的都托赖着他的灵气护庇着；要是那大的没有了，那些小的也就没有收揽了。就像人家儿当头人有了事，骨肉也都分离了，亲戚也都零落了，就是好朋友也都散了。转瞬荣枯，真似春云秋叶一般。你想做官有什么趣儿呢？像雨村算便宜的了。还有我们差不多的人家儿，就是甄家，从前一样功勋，一样世袭，一样起居，我们也是时常来往。不多几年，他们进京来，差人到我这里请安，还很热闹。一会儿抄了原籍的家财，至今杳无音信，不知他近况若何，心下也着实惦记着。』

九十二回 玩母珠賈政參聚散
且吟詠
把酒盃
詩禮傳家

贾芹现形

正说着，只见道婆急忙进来说：『快散了罢，府里赖大爷来了。』众女尼忙乱收拾，便叫贾芹躲开。贾芹因多喝了几杯，便道：『我是送月钱来的，怕什么？』话犹未完，已见赖大进来，见这般样子，心里大怒。为的是贾政吩咐不许声张，只得含糊装笑道：『芹大爷也在这里呢么？』贾芹连忙站起来道：『赖大爷，你来作什么？』赖大说：『大爷在这里更好，快快叫沙弥、道士收拾，上车进城，宫里传呢。』贾芹等不知原故，还要细问。赖大说：『天已不早了，快快的好赶进城。』众女孩子只得一齐上车。赖大骑着大走骡，押着赶进城，不提。

九十三回 水月庵掀翻风月案

枯花复荣

紫鹃也心里暗笑，出来倒茶。只听园里一叠声乱嚷，不知何故。一面倒茶，一面叫人去打听。回来说道：『怡红院里的海棠本来萎了几棵，也没人去浇灌他。昨日宝玉走去瞧，见枝头上好像有了蓇朵儿似的。人都不信，没有理他。忽然今日开的很好的海棠花，众人诧异，都争着去看，连老太太、太太都哄动了，来瞧花儿呢。所以大奶奶叫人收拾园里的树叶子，这些人在那里传唤。』

九十四回

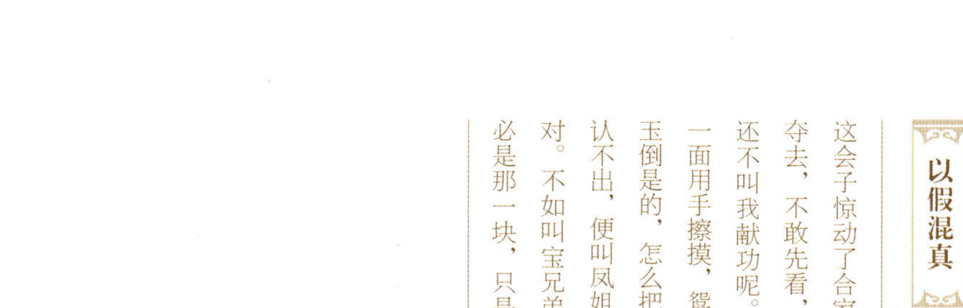

以假混真

这会子惊动了合家的人，都等着争看。凤姐见贾琏进来，便劈手夺去，不敢先看，送到贾母手里。贾琏笑道：『你这么一点儿事还不叫我献功呢。』贾母打开看时，只见那玉比先前昏暗了好些。一面用手擦摸，鸳鸯拿上眼镜儿来，戴着一瞧，说：『奇怪！这块玉倒是的，怎么把头里的宝色都没了呢？』王夫人看了一会子，也认不出，便叫凤姐过来看。凤姐看了道：『像倒像，只是颜色不大对。不如叫宝兄弟自己一看，就知道了。』袭人在旁，也看着未必是那一块，只是盼得的心盛，也不敢说出不像来。

九十五回 以假混真宝玉疯颠

凤姐设谋

只见凤姐想了一想，因说道：『难倒不难，只是我想了个主意，不知姑妈肯不肯。』王夫人道：『你有主意，只管说给老太太听，大家娘儿们商量着办罢了。』凤姐道：『依我想，这件事只有一个掉包儿的法子。』贾母道：『怎么掉包儿？』凤姐道：『如今不管宝兄弟明白不明白，大家吵嚷起来，说是老爷做主，将林姑娘配了他了，瞧他的神情儿怎么样：要是他全不管，这个包儿也就不用掉了；若是他有些喜欢的意思，这事却要大费周折呢。』王夫人道：『就算他喜欢，你怎么样办法呢？』凤姐走到王夫人耳边，如此这般的说了一遍。王夫人点了几点头儿，笑了一笑，说道：『也罢了。』

九十六回 瞞消息凤姐設奇謀 乙卯

黛玉焚稿

那黛玉却又把身子欠起，紫鹃只得两只手来扶着他。黛玉这才将方才的绢子拿在手中，瞅着那火，点点头儿，往上一撂。紫鹃唬了一跳，欲要抢时，两只手却不敢动；雪雁又出去拿火盆桌子：此时那绢子已经烧着了。紫鹃劝道：『姑娘，这是怎么说呢？』黛玉只作不闻，回手又把那诗稿拿起来，瞧了瞧，又撂下了。紫鹃怕他也要烧，连忙将身倚住黛玉，腾出手来拿时，黛玉又早拾起，撂在火上。此时紫鹃却够不着，干急。

九十七回 林黛玉焚稿断痴情

钗玉大婚

一时，大轿从大门进来，家里细乐迎出去，十二对宫灯排着进来，倒也新鲜雅致。傧相请了新人出轿。宝玉见喜娘披着红，扶着新人，蒙着盖头。下首扶新人的你道是谁？原来就是雪雁。宝玉看见雪雁，犹想：『因何紫鹃不来，倒是他呢？』又想道：『是了，雪雁原是他南边家里带来的；紫鹃是我们家的，自然不必带来。』因此见了雪雁，竟如见了黛玉的一般欢喜。傧相喝礼，拜了天地。请出贾母，受了四拜。后请贾政夫妇等登堂，行礼毕，送入洞房。还有坐帐等事，俱是按本府旧例，不必细说。贾政原为贾母作主，不敢违拗，不信冲喜之说。那知今日宝玉居然像个好人，贾政见了，倒也喜欢。

九十七回 薛宝钗出闺成大礼 乙卯

黛玉归天

紫鹃忙了，连忙叫人请李纨，可巧探春来了。紫鹃见了，忙悄悄的说道：「三姑娘，瞧瞧林姑娘罢。」说着，泪如雨下。探春过来，摸了摸黛玉的手，已经凉了，连目光也都散了。探春、紫鹃正哭着叫人端水来给黛玉擦洗，李纨赶忙进来了。三个人才见了，不及说话。刚擦着，猛听黛玉直声叫道：「宝玉！宝玉！你好……」说到「好」字，便浑身冷汗，不作声了。紫鹃等急忙扶住，那汗愈出，身子便渐渐的冷了。探春、李纨叫人乱着拢头穿衣，只见黛玉两眼一翻，呜呼！

香魂一缕随风散，愁绪三更入梦遥！

九十八回 苦绛珠魂归离恨天

第九十九回／守官箴恶奴同破例　阅邸报老舅自担惊

贾政治奴

第二天，拿话去探贾政，被贾政痛骂了一顿。隔一天拜客，里头吩咐伺候，外头答应了。停了一会子，打点已经三下了，大堂上没有人接鼓。好容易叫个人来打了鼓，贾政踱出暖阁，站班喝道的衙役只有一个。贾政也不查问，在墀下上了轿，等轿夫又等了好一会。来齐了，抬出衙门，那个炮只响得一声；吹鼓亭的鼓手只有一个打鼓，一个吹号筒。贾政便也生气说：『往常还好，怎么今儿不齐集至此？』抬头看那执事，却是搀前落后。勉强拜客回来，便传误班的要打。有的说因没有帽子误的，有的说是号衣当了误的，又有说是三天没吃饭抬不动的。贾政生气，打了一两个，也就罢了。

江西糧道
告示
江西糧
九十九回 守官箴恶奴同破例 己卯

宝玉伤离

忽然听见袭人和宝钗在那里讲究探春出嫁之事，宝玉听了，『啊呀』的一声，哭倒在炕上。唬得宝钗、袭人都来扶起，说：『怎么了？』宝玉早哭的说不出来。定了一会子神，说道：『这日子过不得了：我姊妹们都一个一个的散了；林妹妹是成了仙去了；大姐姐呢已经死了，这也罢了，没天天在一块儿；二姐姐碰着了一个混帐不堪的东西；三妹妹又要远嫁，总不得见的了；史妹妹又不知要到那里去；薛妹妹是有了人家儿的。这些姐姐妹妹，难道一个都不留在家里，单留我做什么？』

一百回 悲远嫁宝玉感离情

第一百一回／大观园月夜警幽魂
散花寺神签惊异兆

月夜幽魂

凤姐此时肉跳心惊，急急的向秋爽斋来。将已来至门口，方转过山子，只见迎面有一个人影儿一晃。凤姐心中疑惑，还想着必是那一房的丫头，便问：「是谁？」问了两声，并没有人出来，早已神魂飘荡了。恍恍惚惚的似乎背后有人说道：「婶娘连我也不认得了？」凤姐忙回头一看，只见那人形容俊俏，衣履风流，十分眼熟，只是想不起是那房那屋里的媳妇来。只听那人又说道：「婶娘只管享荣华受富贵的心盛，把我那年说的『立万年永远之基』都付于东洋大海了。」凤姐听说，低头寻思，总想不起。那人冷笑道：「婶娘那时怎样疼我来，如今就忘在九霄云外了。」

百一回大觀園月夜感幽魂 己卯

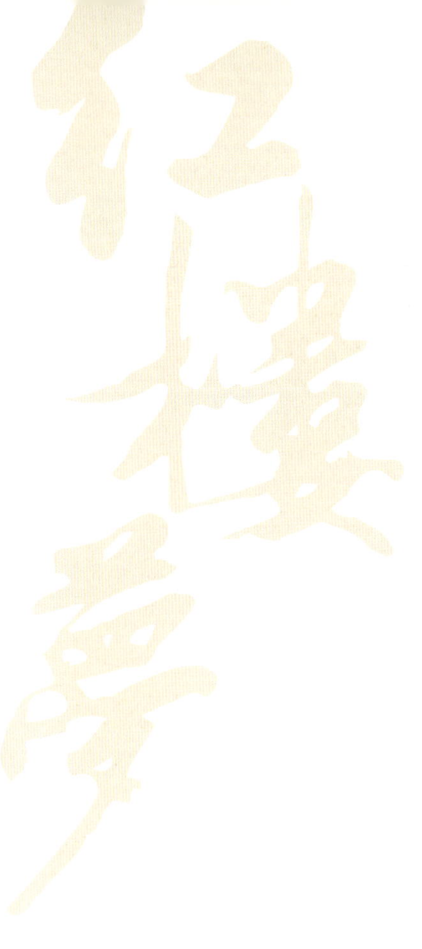

尤氏大病

那日尤氏过来送探春起身，因天晚省得套车，便从前年在园里开通宁府的那个便门里走过去了。觉得凄凉满目，台榭依然，女墙一带都种作园地一般，心中怅然，如有所失。因到家中，便有些身上发热。扎挣一两天，竟躺倒了。日间的发烧犹可，夜里身热异常，便谵语绵绵。贾珍连忙请了大夫看视，说感冒起的，如今缠经入了足阳明胃经，所以谵语不清，如有所见。有了大秽，即可身安。

第一百三回 / 施毒计金桂自焚身 昧真禅雨村空遇旧

金桂惨死

正闹到危急之际，贾琏带了七八个家人进来，见是如此，便叫人先把夏家的儿子拉出去，便说：『你们不许闹，有话好好儿的说。快将家里收拾收拾，刑部里头的老爷们就来相验了。』金桂的母亲正在撒泼，只见来了一位老爷，几个在头里吆喝，那些人都垂手侍立。金桂的母亲见这个光景，也不知是贾府何人；又见他儿子已被众人揪住；又听见说刑部来验，他心里原想看见女孩儿的尸首，先闹个稀烂，再去喊冤，不承望这里先报了官：也便软了些。

一百三回 施毒计金桂自焚身

倪二生事

倪二回家，他妻女将贾家不肯说情的话说了一遍。倪二正喝着酒，便生气要找贾芸，说：『这小杂种，没良心的东西！头里他没有饭吃，要到府内钻谋事办，亏我倪二爷帮了他。如今我有了事，他不管。好罢咧，要是我倪二闹起来，连两府里都不干净。』他妻女忙劝道：『嗳！你又喝了黄汤，就是这么有天没日头的。前儿可不是醉了闹的乱子？挨了打还没好呢，你又闹了。』

一百四回醉金刚小鳅生大浪 己卯

查抄贾府

赵堂官一叠声叫：『拿下贾赦！其馀皆看守！』维时贾赦、贾政、贾琏、贾珍、贾蓉、贾蔷、贾芝、贾兰俱在；惟宝玉假说有病，在贾母那边打混；贾环本来不大见人的；所以就将现在几人看住。赵堂官即叫他的家人：『传齐司员，带同番役，分头按房，查抄登帐。』这一言不打紧，唬得贾政上下人等面面相看；喜得番役、家人摩拳擦掌，就要往各处动手。

凤姐抱羞

且说贾琏打听得父兄之事不大妥，无法可施，只得回到家中。平儿守着凤姐哭泣，秋桐在耳房里抱怨凤姐。贾琏走到旁边，见凤姐奄奄一息，就有多少怨言，一时也说不出来。平儿哭道：『如今已经这样，东西去了不能复来。奶奶这样，还得再请个大夫瞧瞧才好啊。』贾琏啐道：『呸！我的性命还不保，我还管他呢！』

一百六回 王熙凤致祸抱羞惭

却说贾母叫邢、王二夫人同着鸳鸯等开箱倒笼，将做媳妇到如今积攒的东西都拿出来。又叫来贾赦、贾政、贾珍等，一一的分派。给贾赦三千两，说：『这里现有的银子，你拿二千两去做你的盘费使用，留一千给大太太零用。这三千给珍儿：你只许拿一千去，留下二千给你媳妇收着。仍旧各自过日子，房子还是一处住，饭食各自吃罢。四丫头将来的亲事，还是我的事。只可怜凤丫头操了一辈子心，如今弄的精光，也给他三千两，叫他自己收着，不许叫琏儿用。如今他还病的神昏气短，叫平儿来拿去。这是你祖父留下的衣裳；还有我少年穿的衣服、首饰，如今我也用不着了。男的呢，叫大老爷、珍儿、琏儿、蓉儿拿去分了；女的呢，叫大太太、珍儿媳妇、凤丫头拿了分去。这五百两银子交给琏儿，明年将林丫头的棺材送回南去。』

一百七回散余资贾母明大义

强颜欢笑

这里贾母才让薛姨妈等喝酒，见他们都不是往常的样子，贾母着急道：『你们到底是怎么着？大家高兴些才好。』湘云道：『我们又吃又喝，还要怎么着呢？』凤姐道：『他们小的时候都高兴，如今碍着脸不敢混说，所以老太太瞧着冷静了。』宝玉轻轻的告诉贾母道：『话是没有什么说的，再说就说到不好的上头去了。不如老太太出个主意，叫他们行个令儿罢。』贾母侧着耳朵听了，笑道：『若是行令，又得叫鸳鸯去。』

一百八回 強歡笑蘅蕪慶生辰

撩拨五儿

说到这里，忽然想起五儿没穿着大衣裳，就怕他也像晴雯着了凉，便问道：「你为什么不穿上衣裳就过来？」五儿道：「爷叫的紧，那里有尽着穿衣裳的空儿？要知道说这半天话儿时，我也穿上了。」宝玉听了，连忙把自己盖的一件月白绫子绵袄儿揭起来，递给五儿，叫他披上。五儿只不肯接，说：「二爷盖着罢，我不凉，我凉，我有我的衣裳。」

一百九回 候芳魂五儿承错爱

贾母归西

于是贾政等在外一边跪着，邢夫人等在内一边跪着，一齐举起哀来。外面家人各样预备齐全，只听里头信儿一传出来，从荣府大门起至内宅门扇扇大开，一色净白纸糊了，孝棚高起，大门前的牌楼立时竖起。上下人等登时成服。贾政报了丁忧，礼部奏闻。主上深仁厚泽，念及世代功勋，又系元妃祖母，赏银一千两，谕礼部主祭。家人们各处报丧。众亲友虽知贾家势败，今见圣恩隆重，都来探丧。择了吉时成殓，停灵正寝。

一百十回 史太君寿终归地府

盗贼入府

这些贼人明知贾家无人，先在院内偷看惜春房内，见有个绝色尼姑，便顿起淫心。又欺上屋俱是女人，且又畏惧，正要踹进门去，因听外面有人进来追赶，所以贼众上房。见人不多，还想抵挡，猛见一人上房赶来。那些贼见是一人，越发不理论了，便用短兵抵住。那经得包勇用力一棍打去，将贼打下房来。那些贼飞奔而逃，从园墙过去。包勇也在房上追捕。

妙玉被劫

却说这贼背了妙玉，来到园后墙边，搭了软梯，爬上墙，跳出去了。外边早有伙贼弄了车辆在园外等着。那人将妙玉放倒在车上，反打起官衔灯笼，叫开栅栏，急急行到城门，正是开门之时。门官只知是有公干出城的，也不及查诘。赶出城去，那伙贼加鞭赶到二十里坡，和众强徒打了照面，各自分头奔南海而去。不知妙玉被劫，或是甘受污辱，还是不屈而死，不知下落，也难妄拟。

一百十二回 活冤孽妙

凤姐托孤

凤姐道：『不然，你带了他去罢。』刘老老笑道：『姑娘这样千金贵体，绫罗裹大了的，吃的是好东西，到了我们那里，我拿什么哄他玩，拿什么给他吃呢？这倒不是坑杀我了么？』说着，自己还笑，因说：『那么着，我给姑娘做个媒罢。我们那里虽说是屯乡里，也有大财主人家，几千顷地，几百牲口，银子钱亦不少，只是不像这里有金的，有玉的。姑奶奶自然瞧不起这样人家。我们庄家人瞧着这样财主，也算是天上的人了。』凤姐道：『你说去，我愿意就给。』刘老老道：『这是玩话儿罢咧。放着姑奶奶这样，大官大府的人家只怕还不肯给，那里肯给庄家人？就是姑奶奶肯了，上头太太们也不给。』巧姐因他这话不好听，便走了去和青儿说话。两个女孩儿倒说得上，渐渐的就熟起来了。

一百十三回 忏宿冤凤姐托村妪

凤姐病逝

王仁便叫了他外甥女儿巧姐过来说：『你娘在时，本来办事不周到，只知道一味的奉承老太太，把我们的人都不大看在眼里。外甥女儿，你也大了，看见我从来沾染过你们没有？如今你娘死了，诸事要听着舅舅的话。你母亲娘家的亲戚，就是我和你二舅舅了。你父亲的为人，我也早知道了，只有敬重别人的。那年什么尤姨娘死了，我虽不在京，听见说花了好些银子。如今你娘死了，你父亲倒是这样的将就办去，你也不知道劝劝你父亲吗？』巧姐道：『我父亲巴不得要好看，只是如今比不得从前了。现在手里没钱，所以诸事省些是有的。』

百十四回 王熙凤历幻返金陵

第一百十五回 / 惑偏私惜春矢素志 证同类宝玉失相知

惜春出家

彩屏见事不妥，恐耽不是，悄悄的去告诉了尤氏，说：『四姑娘铰头发的念头还没有息呢，他这几天不是病，竟是怨命。奶奶隄防些，别闹出事来，那会子归罪我们身上。』尤氏道：『他那里是为要出家，他为的是大爷不在家，安心和我过不去。也只好由他罢了。』彩屏等没法，也只好常常劝解。岂知惜春一天一天的不吃饭，只想铰头发。彩屏等吃不住，只得到各处告诉。邢、王二夫人等也都劝了好几次，怎奈惜春执迷不解。

一百十五回 惑偏私惜春矢素志

再入仙境

正想着，不多时到了一个所在，只见殿宇精致，彩色辉煌；庭中一丛翠竹，户外数本苍松。廊檐下立着几个侍女，都是宫妆打扮，见了宝玉进来，便悄悄的说道：『这就是神瑛侍者么？』引着宝玉的说道：『就是。你快进去通报罢。』

一百十六回 得通灵幻境悟仙缘

第一百十七回 / 阻超凡佳人双护玉 欣聚党恶子独承家

双双护玉

里面的丫头听见，连忙赶来，瞧见他两个人的神情不好。只听见袭人哭道：『快告诉太太去！宝二爷要把那玉去还和尚呢！』丫头赶忙飞报王夫人。那宝玉更加生气，用手来掰开了袭人的手。幸亏袭人忍痛不放。紫鹃在屋里听见宝玉要把玉给人，这一急比别人更甚，把素日冷淡宝玉的主意都忘在九霄云外了，连忙跑出来，帮着抱住宝玉。那宝玉虽是个男人，用力摔打，怎奈两个人死命的抱住不放，也难脱身，叹口气道：『为一块玉，这样死命的不放。若是我一个人走了，你们又怎么样？』袭人、紫鹃听了这话，不禁嚎啕大哭起来。

一百十七回 阻超凡佳人双护玉

第一百十八回／记微嫌舅兄欺弱女　惊谜语妻妾谏痴人

欺负弱女

那日果然来了几个女人，都是艳妆丽服。邢夫人接了进去，叙了些闲话。本知那来人是个诰命，也不敢怠慢。邢夫人因事未定，也没有和巧姐说明，只说有亲戚来瞧，叫他去见。巧姐到底是个小孩子，那管这些，便跟了奶妈过来。平儿不放心，也跟着来。只见有两个宫人打扮的，见了巧姐，便浑身上下一看，更又起身来拉着巧姐的手又瞧了一遍，略坐了一坐就走了。倒把巧姐看得羞臊，回到房中纳闷，想来没有这门亲戚，便问平儿。

一百十八回 記微嫌舅兄欺弱女

再沐皇恩

刘老老惦记着贾府，叫板儿进城打听。那日恰好到宁荣街，只见有好些车轿在那里，板儿便在邻近打听，说是：宁、荣两府复了官，赏还抄的家产，如今府里又要起来了。只是他们的宝玉中了举，不知走到那里去了。板儿心里喜欢，便要回去，又见好几匹马到来，在门前下马。只见门上打千儿请安说：『二爷回来了，大喜！大老爷身上安了么？』那位爷笑着道：『好了，又遇恩旨，就要回来了。』还问：『那些人做什么的？』门上回说：『是皇上派官在这里下旨意，叫人领家产。』那位爷便喜喜欢欢的进去。板儿料是贾琏，也不再打听，赶忙回去告诉他外祖母。

榮
國
府
賈
賈
國府

了却尘缘

一日，行到昆陵驿地方，那天乍寒下雪，泊在一个清静去处。贾政打发众人上岸投帖辞谢朋友，总说即刻开船，都不敢劳动。船上只留一个小厮伺候，自己在船中写家书，先要打发人起早到家。写到宝玉的事，便停笔。抬头忽见船头上微微的雪影里面一个人，光着头，赤着脚，身上披着一领大红猩猩毡的斗篷，向贾政倒身下拜。贾政尚未认清，急忙出船，欲待扶住问他是谁。那人已拜了四拜，站起来打了个问讯。贾政才要还揖，迎面一看，不是别人，却是宝玉。贾政吃一大惊，忙问道：『可是宝玉么？』那人只不言语，似喜似悲。贾政又问道：『你若是宝玉，如何这样打扮，跑到这里来？』宝玉未及回言，只见船头上来了两人：一僧一道，夹住宝玉道：『俗缘已毕，还不快走！』说着，三个人飘然登岸而去。

紅樓夢全圖 第一百二十回

红　楼　梦